國家圖書館出版品預行編目資料

最大的草莓蛋糕／金怡妃 文；劉清彥改寫；蔡侑玲 圖
--第一版. -- 臺北市：親子天下股份有限公司, 2023.04
40面；21x26公分. --（繪本）
國語注音
ISBN 978-626-305-449-3（精裝）
1.SHTB: 親情——3-6歲幼兒讀物
863.599   112003087

繪本 0320

最大的草莓蛋糕

文｜金怡妃　改寫｜劉清彥　圖｜蔡侑玲

責任編輯｜謝宗穎　美術設計｜王慧雯、蕭華　行銷企劃｜高嘉吟、翁郁涵

天下雜誌群創辦人｜殷允芃　董事長兼執行長｜何琦瑜
媒體暨產品事業群
總經理｜游玉雪　副總經理｜林彥傑
總編輯｜林欣靜　行銷總監｜林育菁
資深主編｜蔡忠琦　版權主任｜何晨瑋、黃微真

出版者｜親子天下股份有限公司　地址｜台北市 104 建國北路一段 96 號 4 樓
電話｜（02）2509-2800　傳真｜（02）2509-2462　網址｜www.parenting.com.tw
讀者服務專線｜（02）2662-0332　週一～週五：09:00~17:30
讀者服務傳真｜（02）2662-6048　客服信箱｜parenting@cw.com.tw
法律顧問｜台英國際商務法律事務所‧羅明通律師
製版印刷｜中原造像股份有限公司
總經銷｜大和圖書有限公司　電話：（02）8990-2588

出版日期｜2023 年 4 月第一版第一次印行
2023 年 8 月第一版第四次印行
定價｜380 元　書號｜BKKP0320P　ISBN｜978-626-305-449-3（精裝）

─────────── 訂購服務 ───────────
親子天下 Shopping｜shopping.parenting.com.tw
海外‧大量訂購｜parenting@cw.com.tw
書香花園｜台北市建國北路二段 6 巷 11 號　電話（02）2506-1635
劃撥帳號｜50331356　親子天下股份有限公司

最大的草莓蛋糕

文 金怡妃　改寫 劉清彥　圖 蔡侑玲

這是我阿嬤，
她是我見過最勇敢的人。
她什麼都不怕。

她ㄊㄚ不ㄅㄨˋ怕ㄆㄚˋ蟑ㄓㄤ螂ㄌㄤˊ， 不ㄅㄨˋ怕ㄆㄚˋ老ㄌㄠˇ鼠ㄕㄨˇ，
更ㄍㄥˋ不ㄅㄨˋ怕ㄆㄚˋ蛇ㄕㄜˊ。

她ㄊㄚ不ㄅㄨˋ怕ㄆㄚˋ太ㄊㄞˋ陽ㄧㄤˊ晒ㄕㄞˋ， 不ㄅㄨˋ怕ㄆㄚˋ冷ㄌㄥˇ風ㄈㄥ吹ㄔㄨㄟ，
更ㄍㄥˋ不ㄅㄨˋ怕ㄆㄚˋ閃ㄕㄢˇ電ㄉㄧㄢˋ和ㄏㄢˋ打ㄉㄚˇ雷ㄌㄟˊ。

她㊀只㊀希㊀望㊀我㊀和㊀姐㊀姐㊀能㊀好㊀好㊀的㊀長㊀大㊀。

我出生後，媽媽就離開家了。
爸爸也在遙遠的地方工作，很少回來。

幼兒園的時候，每次老師說要把通知單交給
爸爸媽媽簽名，
隔壁的小安就會說：「可是小妃沒有媽媽。」
姐姐也常開玩笑說，我是被拋棄的小孩。

每次姐姐這麼說， 阿嬤就會抱著我， 爲我擦眼淚。
她告訴我：「 你是阿嬤和上帝最疼愛的孩子。 」
我好慶幸我有阿嬤。

可是我不懂， 如果上帝愛我，
為什麼媽媽要離開？
爸爸也不能回來？
我每天都在祈禱，
希望阿嬤永遠不要離開我。

我也常常想，我能為阿嬤做什麼呢？
雖然我膽子小，會做的事又很少。

老師問我，
長大後想做什麼呢？
我聳聳肩。

山上的孩子長大以後，
如果沒有離開，
大部分都在果園工作。
我不知道自己長大以後，
能不能離開這裡？

如果可以，
我想出去看一看，闖一闖。

有一天， 我在電視上看到一位烘焙師在做蛋糕。
大大的蛋糕上放滿了紅紅的草莓。
我閉上眼睛， 彷彿走進電視，
嘗到了酸酸甜甜的好滋味。
我心想， 如果我可以當烘焙師，
就可以做一個巨無霸蛋糕給家人吃。

從那天起，
只要城裡的姑姑要回山上，
我就會請她帶好吃的
蛋糕和點心給我。

叔叔要下山送貨，
我也會叮嚀他，
別忘了買我愛吃的波羅麵包。

我好希望自己就是電視裡的烘焙師，
想吃什麼點心，就自己做來吃。
還可以做給大家吃。

如果我是一個烘焙師， 我要做牛奶糖給姐姐吃。
雖然她的玩笑讓我傷心，
還是很謝謝她一直陪在我身邊。
我想對她說， 我們要像牛奶糖一樣耐咬，
就算被別人嘲笑和欺負， 也不要害怕。

如果我是一個烘焙師，
我要做草莓千層派給姑姑吃。
謝謝她總是帶好吃的甜點給我。
她曾經告訴我，家人要像千層派，
一層一層疊在一起，不能分開。

如果我是一個烘焙師， 我要做波羅麵包給叔叔吃。
謝謝他代替爸爸照顧我們。
我希望他能戒掉那些壞習慣，
別讓自己的健康像波羅麵包， 輕輕一咬就掉屑屑。

如果我是一個烘焙師， 我要做杯子蛋糕給爸爸吃。

謝謝爸爸常常寫信鼓勵我。

杯子蛋糕像座山， 爸爸的工作像爬山一樣辛苦，

希望他爬到山頂後， 可以嘗到甜美的果實。

如果我是一個烘焙師， 我要做煙囪捲給阿嬤吃。
謝謝她總是用最溫暖的擁抱， 和每天熱騰騰的飯菜，
把我緊緊的包起來。
她讓我知道， 上帝真的很愛我。

如果我是一個烘焙師，
我要做什麼給媽媽吃呢？
我不知道……

但是我知道，成為真正的烘焙師那天，
我要做一個巨無霸草莓蛋糕，邀請全家人回來享用，
讓大家能快樂的聚在一起。

出版緣起

看這本書十分感動，因為知道那是偏遠鄉村生活的縮影。
這本書的出版、及一個小作家的誕生，
也是對近 20 年來天下雜誌教育基金會，推動希望閱讀的一種肯定。

—— 天下雜誌群創辦人、天下雜誌教育基金會董事長 **殷允芃**

一位小作家誕生的背後 —— 希望閱讀計劃

天下雜誌教育基金會在 2004 年啟動了「希望閱讀計劃」，相信閱讀是終身帶得走的能力，培養孩子的閱讀習慣，如同給他一雙可以飛出低谷的翅膀，有機會海闊天空的飛翔。

「希望閱讀」每年認養 200 所偏遠學校，把最新出版的優良好書送到學校，作為孩子的開學禮物，至今已送出 39 萬冊。除了豐富孩子的閱讀資源，更鼓勵孩子發表與創作。2005 年開始舉辦「小作家圖文創作大賽」，邀請偏鄉孩子把心中的夢想，用文字和圖畫表達出來。

這麼多年來，我們從無數件偏鄉孩子的作品中，看見他們不受環境限制、自然豐沛的生命力，更對他們天馬行空的創意和想像，感到驚嘆。

有一年，南投縣親愛國小的小朋友畫了一隻狗，我怎麼看，都不覺得像狗。可是評審唐唐老師卻珍視得不得了。他說：「這是因為孩子天天跟狗玩在一起，從他們的角度看到的狗的形狀，太可愛了！城市孩子絕對畫不出這麼生動靈活的狗。」

還有一年，主題是「我心中的超人」。一位高雄偏鄉的孩子，他心中的超人是隔壁鄰居阿嬤。因為父母不在身邊，他的生活起居、食衣住行，全都由隔壁這位沒有血緣關係的阿嬤照顧，孩子也在作品中表達對阿嬤的感謝與崇拜。偏鄉孩子的

生活條件與環境無法和城市相比，但每位孩子都心存感激。他們
的作品常常令人動容，忍不住眼眶泛淚。

還有一位高雄市金竹國小的林文祥，當年五年級，因為作品得獎，有機會帶著母
親一起來臺北領獎。如今已成為正式國小老師的文祥，總念念不忘那一次的臺北
行。他說：「那是我第一次到臺北，第一次坐捷運，第一次看到 101 大樓，第一
次看到外面的世界。」也因為這一趟臺北之旅，他決定要繼續升學，後來順利考
上臺中教育大學，如願當上老師。因此他總是說：「小作家圖文創作比賽改變了
我一生。」

金怡妃《最大的草莓蛋糕》的出版，是對怡妃本人，也是對所有偏鄉老師、校
長，以及「希望閱讀計劃」的肯定。這本書的原型，就是怡妃在 2021 年「小作
家圖文創作大賽」獲得評審推薦獎的創作《我想當烘焙師》。作品流露出真摯的
情感，令人深受感動。這本書的出版，也讓我們看見一位小作家的誕生。

今年六月怡妃將從國小畢業，這本繪本的出版，將會是怡妃最特別的畢業禮物。
我們也相信，這樣的成果對於其他成長環境相似的孩子，都是莫大的鼓勵。因為
閱讀，真的「讓改變看得見」。

—— 天下雜誌教育基金會執行長 **凌爾祥**

作者的話

我叫金怡妃,是一位布農女孩~

這本繪本是我在爸爸不在家的那段時間創作的,

因為加上那時和姐姐相處的不是很好,所以有時候會邊哭邊畫。

在這漫長的時間內,壓力其實很大,

因為要上課,有時又要抽空去畫畫,

甚至當時有請全世煌來,但老師和我說:

「如果去看全世煌的話,就無法在截稿前畫完。」

當時我非常的糾結!

雖然機會很難得,但是我還是選擇趕進度,

我曾經有那麼一剎那想要放棄,但我還是完成了~

我為自己感到驕傲,因為當別人在玩時,我在努力的趕工,

當別人在聽全世煌時我還在努力趕工想放棄的時侯

我心裡的小天使告訴我「你都那麼努力了,再堅持一下啦~」

但又會有小惡魔跟我說:「有必要那麼累嗎?放棄不就好了!」

但我終究還是聽了小天使的話,

還好我當時聽了小天使的話~~~

在 2021 年，「小作家圖文創作大賽」的中年級繪本組中，金怡妃以作品《我想當烘焙師》得到評審的一致推薦，榮獲該年度的「評審推薦獎」。她將自己曾有過的孤單、辛苦經驗，透過作品中的一道道甜點，轉化成對家人的愛與感謝。

金怡妃作品《我想當烘焙師》

掃 QR code 讀
《我想當烘焙師》
原創故事

改寫者的話

第一次讀怡妃的作品時，就很想見見這個孩子。

想看看這個完全不會烘焙，單純只用想像就在紙上創作出這些甜點的，是個什麼樣的女孩；也想告訴她，故事裡的每一種甜點我都會做，我可以幫她達成用親手製作的甜點，來向家人表達關愛和感謝的心願（這也是故事最觸動我的部分）。

然而，當我在頒獎典禮見到這個依偎瑟縮在阿嬤身邊、黝黑又瘦小的女孩時，心中湧現的卻是更多的憐惜。我聽著她用微微顫抖的聲音，說著媽媽在她襁褓時，就離家的無奈；說著自己只能反覆讀著爸爸寫的信，來思念他的心情；也說著和阿嬤、姐姐相依為命的生活點滴……我竟怔然的不知道該說什麼，只能和她打勾勾，答應陪她一起烘焙這個香香甜甜又充滿愛的故事。

我相信，當怡妃所愛的家人捧著這本書時，一定能感受到她暖暖的愛。
我更相信，每個閱讀這本書的人，也都會有同感。

—— 兒少節目主持人、兒童文學工作者 **劉清彥**

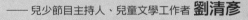

像家人一樣的
草莓千層派

材料（份量5份）

 奶油乳酪
Cream Cheese 100g

馬茲卡彭乳酪
Mascarpone Cheese ... 50g

 原味無糖優格 ... 50g

白細糖 40g

檸檬汁 5g

冷凍酥片 10張

糖粉 .... 少許

 草莓 20顆

器具

電動攪拌器

抹醬刀

做法

❶ 將每張冷凍起酥片切成三等份，平鋪在鋪了烤盤紙的烤盤上，在表面灑上一點糖粉。

❷ 放入預熱180度的烤箱烤30分鐘，烤完後再悶5~10分鐘，接著取出放涼備用。

❸ 奶油乳酪於室溫中放軟後，倒入白細糖，用電動攪拌器以低速打勻，接著加入馬茲卡彭乳酪、優格和檸檬汁，以低速拌勻至光滑即可。

❹ 將烤好的起酥片以刀子修邊，擠上一層步驟❸的乳酪醬，再放上切半的草莓（平面朝上），接著在草莓上擠一點乳酪醬，再擺上一層起酥片。重複步驟❹，直到有兩層餡料。

❺ 在疊合好的表面撒上一層糖粉，擠上一點乳酪醬，擺上一顆草莓裝飾，草莓千層派就完成啦！

❻ 重複步驟❹和❺，直到用完所有的起酥片，完成5個草莓千層派！。

完成啦！